絵童話

ショウとリョウ
ふたりはふたご

ぶん・山本なおこ　え・三輪さゆり

竹林館

絵童話

ショウとリョウ　ふたりはふたご

ぶん・山本なおこ　え・三輪さゆり

絵童話　もくじ

ショウとリョウふたりはふたご

十二月、クリスマスが間近い土曜日。

「ううっ、寒い。」

ショウが目をさますと、まどの外には、雪がケーキの上のこなざとうみたいに、つもっていました。

「リョウ、雪やぞ！」

ショウは、すぐにリョウをおこしました。

ふたりは、朝ごはんもそこそこに、ランドセルをしょって、おもてへとびだしました。

ショウとリョウは、ふたごです。ショウが兄さんで、リョウが弟。

ふたりとも一年一組。受け持ちの先生は、たづこ先生です。

ショウとリョウは、顔もそっくりなら、せの高さも、同じ。声も、まるで同じ。たづこ先生も、クラスの友だちも、ふたりをよくまちが

えます。

「あんたショウ？　リョウ？　どっち？　口を、いーっとしてみて。」

上の前歯が一本ぬけているほうが、弟のリョウなのです。

大阪では、雪はめったにふりません。学校へ行くと、みんなも大はしゃぎで、白い息を、はふはふ、はきながら、運動場を走り回っています。

「もっとふれ！　もっとふれ！　どんどこ、つもれ！」

子どもたちは、歌いながら、小さな雪だるまを、キュッキュッと作りました。

教室の中は、ストーブが赤赤ともえています。

かわいい雪だるまたちは、ろうかのくつ箱の上にならびました。

ショウもリョウも、みんなも、雪のことが気になって、ちっとも

シヨウ
ユリ
レイ
ヨウ
ア
ケンタ

勉強に身が入りません。

三時間めが始まったときです。たづこ先生が言いました。

「これから、運動場で雪あそびをしましょう。」

やったあ！　と、みんなは、かん声をあげました。

みんなは、早くたづこ先生と、雪の中であそびたくてならなかったのです。

たづこ先生も、早くみんなとあそびたくてならなかったのです。

みんなは、いっせいに運動場へとびだしました。

「雪がっせんをしようや。」

ショウが言ったので、赤と白に分かれて、雪がっせんをすることになりました。

雪玉には、ときどき運動場の土がまじって、うす黒いものもありました。でも、みんなは平気です。雪といっしょなのが、うれしくてならなかったのです。

あそんであそんで、みんなは、ほっぺたをまっかにして、教室にもどってきました。

さよならのあいさつがすんで、みんなが教室を出ていきました。

でも、ショウとリョウは、のこったままです。ふたりとも、さっきまでの元気はどこへやら、ぼけんとした顔で立っています。

「ショウくん、リョウくん、どうしたん?」

たづこ先生が聞きました。

リョウが自分のせなかをたづこ先生に、ほわんと、もたせかけるようにしました。

ショウが、ぽつんとつぶやきました。

「おうちのカギがないねん。ぼくも、リョウも、わすれてきてしもうた。」

すると、リョウもこくんとうなずいて、セーターのむねのあたりをひっぱっています。

いつもなら、そこにカギがかかっているはずなのです。

「ランドセルに入ってへん？」

たづこ先生が聞きました。

「さがしたけど、入ってへん。」

ふたりが同時にこたえました。雪がつもったうれしさに、ふたりはカギを持って出るのを、すっかりわすれてしまったらしいのです。

「こまったわねえ。」

たづこ先生が、ほおっとため息をつきました。ショウとリョウのおかあさんは、ほけんの外交の仕事をしています。その日によってどこへ出かけるかまちまちです。よっぽどの事がないかぎり、けいたい電話をよび出してはいけないと、おかあさんに言われているのです。

そのことは、たづこ先生も知っています。

おとうさんは、いません。ショウとリョウが小さいときに、おとうさんとおかあさんは、わかれてくらすことにきめたのです。

こうなると、雪がうらめしくさえなりました。こんなに寒いのに、どうやって夕方まですごしたらいいのでしょう。

第一、昼ごはんを食べられません。

いつもなら、おかあさんが朝作っていってくれたべんとうを、電子レンジであたためて食べるのです。

たづこ先生は、うーんと考えていましたが、

「ちょっと待ってて。」

と、言うと、教室を出ていきました。

それから、たづこ先生は、にこにこしてもどってきました。

「よかったわ。教頭先生もいっしょに、のこってくださるんやて。ほんまは、土曜日は一時ごろに学校をしめてしまうんやけど。それからね、先生から、おかあさんにれんらくしておいたわ。お仕事がいちだんらくして帰ってこられるまで、学校でおあずかりしますって。」

「おかあさん、おこってへんかった？」

ショウが、たづこ先生の顔をのぞきこむようにして聞きました。

「ううん。心配しないで。」

たづこ先生がこたえました。

リョウが、さけぶように言いました。

「でも、おべんとうがない。はらへったあ！」

「だいじょうぶ。これから、職員室でお昼ごはんを食べましょ。出前をたのむけど、何がええ？」

「ヒヤッホー！　ぼく、親子どんぶり！」

リョウがさけぶと、

「ぼくも、親子どんぶり！」

ショウも、うれしそうにさけびました。

「そんなら、先生も、親子どんぶりにするわ。」

たづこ先生は、ふたりを職員室へつれていきました。

たづこ先生は、教頭先生の注文も聞いて、電話で出前をたのみました。

広い職員室でショウとリョウは、教頭先生とたづこ先生といっしょに、ふうふう言いながら、親子どんぶりを食べました。

「ねえ、先生、どうして親子どんぶりっていうん？」

ショウが聞きました。

すると、リョウがすかさず、「親子で食べるからやよね。」

それから、うーんと首をかしげて、つぶやきました。

「でもないか。」

「そうやよ。だって、今、先生たちと食べているもん。」

と、ショウ。

「こたえは――。」

教頭先生が、どんぶりのゆげでくもったメガネを、ハンカチでふきながらちょっともったいぶって言いました。

「親であるとり肉と、子であるたまごが、いっしょに入っているから親子どんぶり。」

「なあるほど。」

ふたりは、大きくうなずきました。

「ちなみに、今、教頭先生が食べた他人どんぶりには、何が入っていたんか？」

教頭先生は、なぞなぞを出すように聞きました。

ショウとリョウは、顔を見合わせました。それから、わからないと首をふりました。

「牛肉とたまご。牛と、とりのたまごとは、まったくの他人。だから、他人どんぶり。」

たづこ先生が、うふっとわらって、ショウとリョウを見ました。ふたりは、うんうんとうなずきました。

「それにしても――。」

教頭先生が首をかしげました。

「ショウとリョウは、うり二つやな。どっちがショウで、どっちがリョウや？」

「ぼくらは、ふたごどんぶり！」

ふたりは、ふざけてさけびました。

昼ごはんを食べおわると、ショウもリョウも元気いっぱい。

「先生、あそぼう。」

リョウが言えば、

「何か、お話して。」

と、ショウ。

「じゃあ、教室へ行きましょ。」

たづこ先生は、本だなから一さつのノートをとり出しました。

「それ、なあに？」

ふたりが同時に聞きました。

たづこ先生は、ささやくように言いました。

「先生のね、あのねちょう。みんなにも、ときどき、『先生、あのね』って作文を書いてもらうでしょう。先生も、みんなのことをノートに書いているんよ。」

「ぼくらのことも、書いてあるん？」

ショウが目をかがやかせました。

「もちろん。」

たづこ先生は、ぽんとむねをたたきました。

「読んでちょうだい！」

リョウが、さいそくしました。

たづこ先生は、ぱらぱらとページをめくると、リョウを見ました。

「リョウくん、おぼえてる？　チューリップのはちのかげにウナギがいるって、かけこんできたときのことを。」

くふっと、リョウがわらいました。

「先生が行ってみたら、とても大きなミミズが一ぴきいたわね。」

ぐはあっと、ショウもわらいました。

「五月の二十日のことやわ。クラスのみんなも、大わらいしたんやったね。」

つぎに、たづこ先生は、ショウを見ました。

「ショウくん、おぼえてる？　給食に、サバのカレー風味あげが出たときのことを。」

「うんうん。よくおぼえてる。」

ショウは、うなずきながら、頭をかきました。

「ほねが、のどにささったんやね。ほけん室へ行ったら、きみこ先生が『こんなときは、ごはんを飲みこむのが一番！』って言うたね。その日の給食は、米はんじゃなくてパンやったから、先生、自転車を走らせて、コンビニでおにぎりを買ってきて、ショウくんに食べさせたんやったね。」

「かまずに、ごっくんやったんや。」

ショウは、そのときのことを思い出したらしく、つばをごっくんと飲みこみました。

「でも、なかなかほねがおりてくれなくて、ショウくん、のどがいたいって、ぼろぼろないちゃった。二こ食べたところで、やっとほねがおりてくれて、先生、どんなにほっとしたか。あれは、十月十五日のことやわ。」

今度は、リョウが、ぐはあっとわらいました。

話がいちだんらくしたときです。

「もうすぐクリスマスや！。」

ショウが、まどの外の雪を見て言いました。

「そうね。あと四日かな。」

と、たづこ先生。

「そうや。先生、色紙ちょうだい。クリスマスのかざりを作るん。」

ショウがさけびました。

すると、リョウも、

「クリスマスのかざり！」

と、手をたたきました。

「おうちで、クリスマスツリーを立てるん？」

たづこ先生が色紙やハサミや、のりやらをとり出すと、ふたりは、うなずきながら、すぐにわっかを作り始めました。

「そんなら、先生も手伝う。サンタクロースを作ってみるわ。」

すると、ショウがささやくように言いました。

「あのね、先生。ないしょのことをおしえてあげる。クリスマスイブにね、おとうさんが、ぼくたちに会いにきてくれるかもしれないんや。この前ね、おかあさんがるすのときに、おとうさんから電話があったん。プレゼントを送るから、何がええかって。」

「うん。」

たづこ先生が、小さくうなずきました。

「ぼくたちね、おとうさんに帰ってきてって、たのんだん。おかあさんにごめんなさいを言って、なかなおりしてって。」

すると、リョウも言いました。

「ぼくとショウだって、けんかしたら、あやまりっこして、なかなおりするもん。」

ショウが声をはずませました。

「おとうさん、うんうんとお返事してたよ。そのあとね、おかあさんといっしょにおふろに入ったん。おかあさんが、今年はサンタさんに何をおねがいするんって聞いたから――。」

つづいてリョウが言いました。

「おとうさんが帰ってきたらええって。おとうさんと、おかあさんが、もう一度なかよしになったらええって。」

「そう。」

たづこ先生は、かぜをひいたときのように、くすんと鼻をならしました。

「おかあさん、ぼくとリョウを見て、そうやねって、わらったよ。それから、急にね、『ようし！　あらうぞ！』って、ザブザブぼくらをあらいだしたんや。」

「クリスマスイブに、おとうさんが帰ってくるとええわね。」

たづこ先生が言うと、リョウがさけぶように言いました。

「そしたら、おかあさんに作ってもらって、四人で親子どんぶりを食べるんや！」

ほとりと雪がやみました。

お日さまが、教室にななめにさしこみました。

気がつくと、つくえの上には、金の星や、銀の星、わっかや、サンタクロースや、雪だるまなどのかざりが、ざららんとならびました。

そのときです。

「すみません。おせわをかけまして。」

ショウとリョウのおかあさんが、教室にかけこむようにして入ってきました。

「三人でクリスマスのかざりを作ってたんですよ。いいクリスマスになりますように。」

たづこ先生が言いました。

ショウとリョウは、手に手にかざりを、ひらひらとなびかせて、

「さようなら！」

と、教室をとびだしていきました。

前田のぼこ

ぼくが前田先生のことを書こうと思ったのは、前田先生が亡くなったと、風の便りに聞いたからです。なんでも酒に酔っていて、橋のかわりに渡してあった丸太ん棒を踏みはずしたということです。

死んだ人はいつか忘れられていきます。まして、ぼくが生まれた、五十戸にも満たない山あいの村の先生など、これから先いったいどれだけの人が覚えていてくれるでしょう。現に、ぼくのように、最近はあの村から都会へ出る人間が多くなっているのです。となると、これから村はますます小さくなっていきます。

そう思うと、ぼくはむしょうにさびしくなって、前田先生のことを書いておきたいと思ったのです。

前田先生は、ぼくたちの学校のただひとりの先生でした。学校といっても古い寺を改造した小さな分校で、一年から四年まで十一人の生

今日の当番だれだ
ぐうぐう
まえだ

徒がいるきりでしたので、先生はひとりでも充分だったのです。

前田先生はまた、村のただひとりのお坊さんでもありました。ですから、誰かが死んだとか、どこかの家に法事があるとか、また村に特別かわったことがおきたとなると、袈裟をひっかけて自転車で駆けつけるというぐあいでした。それが国語の時間であろうと体育の時間であろうと、村の誰かが教室の窓をトントンとたたいて呼びにくれば、

「よっしゃ！」といそいで出て行かれるのです。

ぼくたちも心得たもので「ああ、また何かあったんだな」と思うくらいでした。いや、本当いうと、かえって喜んでいたのです。なぜなら、そんな時は自習以外になかったからです。ぼくたちに、自習しなさいということは、元気よくすもうをとりなさいということと少しもかわらなかったのです。

ところで、前田先生は、授業中よくいねむりをされました。たとえば国語の時間ですと「えー、一年と二年は漢字の練習。三年は作文。四年は安一から順に読むんじゃ。」と言われます。ノートやふでばこを出す音がガタゴトし、安一が立って読みだすと、前田先生は安心したようにいねむりを始められるのです。

もちろんぼくたちは、前田先生の言うとおりになんかちっともしません。「そら、また始まったが。」と誰かが安一の背中をつつくと、安一もそんならとばかりさっさと朗読をやめてしまいます。あとは、ヤマブドウがもう食べごろだとか、どこそこでリスの巣を見つけたとか、またずうずうしいのになると鼻くそを丸めてとばしあったり、みんなてんでに勝手なことをやりだすのです。

つまりぼくたちは、前田先生をあまりこわいとも尊敬すべき先生だとも思っていなかったのです。それどころか「いねむりぼうず　たこぼうず　前田のぼこはくそぼうず！」などと陰口をたたいていたのです。

前田先生はこんなぼくたちの悪ふざけをたいていは知っておられたはずですが、たとえ、悪口を聞いた時でも、あははは、と笑っているというふうでした。

ある時、こんなことがありました。前田先生が法事か何かで出ていかれて、やっぱり自習をしていた時です。

「おらっちゃの教室にネズミが住んでおっじゃ。」と言ったものがあります。すると、ほかのものたちも「ほんまや。おっわ、おっわ。今、たしかに音がした。」「チュウー　チュウー。」などと調子にのってあわせますので、ひとつ退治してやろうということに話が決まったのです。

さあ、ちょうど退屈しきっていた時でしたから、みんなおもしろがって、ほうきを持つものやらバケツでふんづかまえようとするものやら、教室中、大騒ぎになりました。

と、ちょうどそのドタバタしている真っ最中に、前田先生が帰ってこられたのです。すさまじいかっこうのぼくたちを見て「何をしているんじゃ?」と聞かれました。みんなは「ネズミのやつがとてもうるさいので退治しようと思ったんです。」というようなことをくちぐちに答えました。すると、前田先生は「こんな広い教室じゃもん、ネズミの一匹や二匹、住まわせてやってもいいではないか。」とぽそりとおっしゃいました。みんなは何だか急に張りあいがぬけてしまって、ネズミとりを中止したのでした。

もっとも帰り道になると「チョッー　だからぼうずはいやじゃ。ちっともおもしろくない。いねむりぼうず　たこぼうず　前田のぼこはくそぼうず！」と悪口を言うことを忘れませんでしたが…。

あれは祭りの晩のことでした。ぼくは安一といっしょに宮の境内《けいだい》で水飴をなめていました。

すると、獅子がしらになって、一日、村中を舞って歩いた溜治《とめじ》が、何が癇にさわったものか、いつもは仲のいい幸太に突然くってかかりました。幸太も負けてはいません。いっしょうけんめい言いかえしています。が、ふたりともひどく酔っぱらっているので、言っていることがはっきりしません。

初めはどなりあっているだけでしたが、そのうち溜治がはだしになって下駄をふりかざし、幸太は幸太で、拾ったビールの空きびんを石段に打ちつけました。それでもまわりの者たちは、「やめろ！　けがするぞっ！」とどなるばかりで、誰もけんかをやめさせることができないでいました。ところが、いつのまに来たのか前田先生がすくっとふたりの間に立ちました。ふたりににこっと笑いかけたかと思うと、ちょこんと真ん中にすわって、突然、大声でお経を唱え始めたのです。まさしくお経です。

下駄で、ビールびんで、今にもなぐりかからんばかりにしていたふたりは、拍子抜けしたように、キョトンとお互いの顔を見あっていました。それから、あわてて間の抜けた悪口を二言三言浴びせあうと、さっさとひきかえしていってしまったのでした。

それまで胸をどきつかせて見ていたぼくと安一が、まだすわりこんだままでいる前田先生に、「先生、強いぜぇ。頭がいいぜぇ。」と言うと、前田先生は、「ほんまはこわあてこわあて。まだ死にたないさかいのう。」と笑われたのでした。

ぼくたちは前田先生にひどく驚かされたことがまだあります。それは朝から雨がカシャカシャ降っている日で、ときおり稲びかりが、廊下でドッジボールをしているぼくたちをおびやかしていました。

いつもボールにあてられるように動いているとしか思えないのろまな春雄が、この時もまっさきに安一のボールにあてられました。ところが、いつもなら、えへへと笑って外野へ出る春雄が、かくんと腰を折ったまま動こうとしません。びっくりしてかけよってみると、春雄の顔は紙のように白く、額にはじっとりとあぶら汗をかいています。

前田先生が学校を降りた道の診療所へ春雄をおぶっていきましたが、医者は隣村のお産に駆けつけたということであいにく留守でした。ぼくたちも前田先生に傘をさすやら後ろから押すやらしてぞろぞろとついてきましたが、みてくれる医者がいないとわかると、雨の中でぼんやり顔を見あわせました。突然、安一がしゃくりあげました。

「泣かんま！　おまえのせいじゃないんじゃや。春雄はたぶん急性の盲腸じゃと思う。先生、これから春雄を町の病院までつれていく！」

前田先生はこれだけ言うと、びっくりしているぼくたちに、てきぱきと指示を与えました。ぼくたちは、はじかれたように、カッパを取ってきたり帯を借りてきたり自転車をひいてきたりしました。前田先生は春雄を背中にくくりつけると、すっとぶように自転車をこいでいきました。

町まで、二十キロはたっぷりあります。それに自転車をおりてひいて上がらなければならない坂道もたくさんあるのです。ぼくたちは稲びかりのする雨の中に黒く小さくなっていく前田先生と春雄を祈るような気持ちで見ていました。みんなで、「雷さん、雷さん、舟にのって海いかれ！」と、やたらと声をはりあげて歌ったのを、今もはっきり覚えています。

あくる朝になって、春雄はやっぱり急性の盲腸で、無事に手術を終えたことを聞いて、ぼくたちはどんなにほっとしたかしれません。また、前田先生が「春雄のやつ、腹を切ったのは、学校中で自分が初めてじゃといばっておったが。」と、こともなげに笑われた時は、何だか急に前田先生がまぶしく見えたことでした。

死んだ人はいつか忘れられていきます。

ぼくはふと、前田先生のお経を誰があげたのだろうと思いました。

なにしろ年はとっておられましたが、前田先生には奥さんも子どももいなかったのですから……。

いたちのへいちゃん

1

きょうも、みんなは、森のひろばに集まって、遊んでいました。

くまのかんきち、おおかみのじゃんぷ、うさぎのふらんちゃん、りすのくるみちゃん、さるのきき、そして、いたちのへいちゃんです。

遊ぶときは、たいてい六にんいっしょで、場所は森のひろばと決まっていました。ひろばは、森のちょうど中ほどにあって、みんなが集まりやすかったのです。それに、すぐそばには、小川も流れていましたし、みんなの大すきなキイチゴのしげみもありました。

「東と西にわかれて、すもうをとろうよ。」

すもうのとくいな、かんきちが言いました。

東は、かんきちとふらんちゃんとへいちゃん。西は、じゃんぷとくるみちゃんとききき。ぎょうじはかわりばんこにすることにしました。

ふらん
くるみ
かんきち
へい
じゃんぷ

まず、はじめは、かんきちとじゃんぷ。たったったあーと、おしだして、かんきちの勝ち。次は、ふらんちゃんとくるみちゃん。ふたりは、くすぐりっこしたり、わらったりして、なかなか勝負がつきません。

「すもうだよ。まじめにやってよ。」

とうとう、まわりからもんくが出ました。やっとふたりは、しんけんにとりくみ、けっきょく、くるみちゃんが勝ちました。

東対西、ちょうど一対一になりました。さいごのとりくみは、へいちゃんとききです。

「見合って、見合って！」

じゃんぷが言いました。

すると、そのとき、かんきちから、ちょっとかわった声えんがかかりました。

「へいちゃん、おならをこかないで！」

「う、うん。」

へいちゃんはうなずくと、心の中で、

（おなら、出るな。おなら、出るな。）

と、何度も言いました。

「はっけよーい！」

じゃんぷが言ったときです。

「プップカプー！」

へいちゃんは、おならをしてしまいました。

それも、へいちゃんの気もちとは反対に、なんともけいきのよい、元気なおならです。

「くさーっ！」

ききが、まっ先に鼻をつまむかっこうをしました。

みんなも、げらげらわらいながら、鼻をつまむかっこうをしました。

へいちゃんは、まっ赤になって、うつむきました。

このあと、すもうをとりましたが、すっかり気おちしてしまったへいちゃんは、ききに、すってんころりんと負かされてしまいました。

「西の勝ちい！」

じゃんぷがさけびました。

「うわあい、勝った、勝った！」

くるみちゃんとききは、大よろこびです。

「へいちゃんのばか。東が負けちゃったじゃないか。」

かんきちが、へいちゃんの頭を、こつんと一つげんこつしました。

「ごめん。」

へいちゃんはまた、うつむいてしまいました。

いったい、どういうわけでしょう。へいちゃんは、ちょっとしたひょうしに、すぐおならが出てしまうのです。おならが出ると、もうだめです。とたんに調子が悪くなって、かけっこもとびっこも、木登りきょうそうも、みんないちばんさいご――べべたになってしまうのです。

そんなわけで、へいちゃんは、みんなから、「プップカプーのへいちゃん。」とか「べべたのへいちゃん。」とかよばれていました。

2

しとしとしと……。

雨がふっています。ほそくて白い雨が、しずかに森じゅうをぬらしていました。

雨がふりだしてから、きょうでもう三日目です。どうやら、森は、つゆに入ったようでした。

ふらんちゃんとくるみちゃんが、かさをさして、ならんで歩いていました。

「ね、へいちゃんをさそっていく？」

「どうしょうか。」

ふたりは、顔を見合わせました。

森のひろばで遊べないので、かんきちの家で遊ぼうと思って、ふたりは出かけてきたのです。

「へいちゃん、すぐおならをするからいやだわ。」

「でも、へいちゃんがいると、何かきょうそうしたときに、べべたにならないですむわよ。」

ふたりはやっぱり、へいちゃんをさそうことにしました。

「うん、いくいく。ぼく、ちょうどたいくつしていたところなんだ。」

へいちゃんはすぐに出てきました。

ふらんちゃんが言いました。

「へいちゃん、きょうはおならをしないでよ。」

すると、くるみちゃんも言いました。

「ほんとよ。おならってきらいよ。」

「う、うん。」

へいちゃんは、うつむいて小さくこたえました。それから、顔をあ

げると、いっしょうけんめいに言いました。

「ぼく、きょうはぜったいにしないよ。出そうになったら、ぐっとがまんする。」

三にんがかんきちの家につくと、じゃんぷときききも遊びにきていました。

「トランプで『七ならべ』をしていたんだけど、あきてきちゃった。なにか、もっとからだを動かす遊びはないかなあ。外で遊ぶみたいにさあ。」

かんきちが言いましたが、みんなは、思いつかないようすで、ぼんやりしています。

「しようがない。『ばばぬき』をしよう。」

じゃんぷが言いました。みんなは、ほかにいい考えもないので、さんせいしました。

十回せんでやることにして、一等しょうには、かんきちのおかあさんが作ったバッジがもらえることにしました。

一回せんごとに点数をつけていくと、だんだんねっちゅうしてきました。五回やって、かんきちとじゃんぷが同点で、トップです。

ところが、六回せんのとちゅうで、

「じゃんぷ、ずるいぞ！　今のは数が合っていなかったぞ。ごまかして出すなよ。」

「ごまかしてなんかいないよ！」

「いいや、ごまかして出した！　だいたい、トランプはオレの方が強いんだ。」

「そんなこと、どうしてわかるんだよ！　まだ勝負はついていないぞ。」

「うるさい。ここはオレの家だぞ！」

「それが何だよ！」

とうとう、ふたりは、とっくみ合いを始めました。

ふらんちゃんとくるみちゃんは、

「きゃあ！」

と言って、部屋のすみへにげていきました。ききは、どっちに味方したらいいかわからなくて、そわそわとおちつきません。

へいちゃんが、なきそうになりながら言いました。

「やめてよ、やめてよ。けんかなんか、しないでよ。みんなでなかよく遊ぼうよ。」

すると、へいちゃんは、

「プップカプー！　プップカプー！」

と、たてつづけに、おならをしました。

「なんだよ。へいちゃん、くさいな。」

「ほんとだ。こんなときまで、おならをこくなよ。」

かんきちとじゃんぷは、とっくみ合っていたこともわすれ、へいちゃんをにらみました。

「くさっ！」

ききが大げさに鼻をつまむと、ふらんちゃんとくるみちゃんも、さもいやそうに顔をしかめました。

と、かんきちのおかあさんが物音に気づいて、あわてててへやにやってきました。

「ここは、ひろばじゃないのよ。こんなせまいところでドタバタしないでよ。遊ぶんなら、もっとおとなしく遊びなさい。」

みんなは、しかられてしまいました。

かんきちは、ぷりぷりしたまんまだし、じゃんぷは、さよならも言わないで、帰ってしまいました。みんなも、気まずいかんじで、そそくさと帰りました。

道みち、へいちゃんは、なんともつまらない気もちでした。どう考えたって、わりに合わないと思いました。

そりゃあ、おならをするのは、けっしていいことではありません。でも、もとはと言えば、かんきちとじゃんぷのけんかが始まりなのです。それなのに、いつのまにか、へいちゃんのおならが悪いようになってしまったのです。

「やつあたりなんか、してほしくないなあ。」

へいちゃんは、口をとんがらせました。

「おならなんか、出なけりゃいいのに。」

へいちゃんは、おならの出る自分がつくづくうらめしく思えました。

3

へいちゃんが家の前の道までくると、つりざおとバケツを持ったおじいちゃんに会いました。

おじいちゃんは、へいちゃんのおとうさんのおとうさんで、おばあちゃんといっしょに、野原の向こうの森に住んでいました。時々、へいちゃんの家へ遊びにやってくるのです。

「やあ、へいちゃん。ちょうどいいところで会った。」

おじいちゃんは、うれしそうに言いました。

「今、へいちゃんの家へ行ったんだけど、へいちゃんがるすなので、がっかりしていたんだ。どうだい、これから、おじいちゃんといっしょに魚つりにいかないか？」

「う、うん。でも、雨がふっているよ。」

へいちゃんは、うかない顔でこたえました。それから、おじいちゃんを見て、目をぱちぱちさせました。

「あれ、そう言えば、おじいちゃん、かさをさしていないね。」

すると、おじいちゃんは、あはあはと楽しそうにわらいました。

「雨の中をかさなしで歩くのも、たまにはいいもんさ。なんかこう雨と、とくべつなかよしになれたみたいでさ。どしゃぶりの雨はかなわないけど、きょうみたいな、ほそくて白い雨はすてきだよ。」

「つめたくないの?」

「つめたくなんかないさ。ちょうどいいぐあいた。」

おじいちゃんは、空を見上げて、うっとりと目をほそめました。

雨は、おじいちゃんのひげの先っちょにも、モシャモシャの毛の先っちょにも、まるくたまり、水玉になってポロンと、ころがりおちました。つづいて、ポロン。まるくふくらんでは、ポロン、ピチャン、ポロン。

見ているうちに、へいちゃんは、なんだか楽しくなってきました。

「ぼくも魚つりにいくよ。おじいちゃんに、魚のエサにするミミズをとってあげるよ。おかあさんに言ってくるから、ちょっと待ってて。」

へいちゃんはかさをおいて、つりざおとバケツとシャベルを持っと
「おかあさん、おじいちゃんとつりにいってきまあす!」

とさけんで、とびだしました。

「へいちゃん、そんなにあわてると、ころぶわよ。おじいちゃん、へいちゃんをおねがいしますね。」

おかあさんの声がうしろから追いかけてきました。

「ああ、行ってくるよ。」

「魚をいっぱいとってくるからね。」

へいちゃんの頭にも鼻の先っちょにも、しっぽにも、雨がさらさらさらとふりかかりました。

へいちゃんは、気もちよさそうに、

「うはあっ。」

と、ため息をついてから言いました。

「雨の日には、かさをささなくちゃならないなんて、いったいだれが決めたんだろう。ね、おじいちゃん。」

へいちゃんは、おじいちゃんといっしょに、森を流れる小川にそって歩いていきました。

うすむらさきのふうりんそうが、あっちにもこっちにも、かわいいすがたでさいています。

「へいちゃんたちは、この小川を何てよんでいるんだい？」

歩きながら、おじいちゃんが聞きました。

「何てって、……小川だよ。」

へいちゃんは、おじいちゃんを見上げました。

「ただの小川かい。」

「小川じゃないの。」

「小川にはちがいないさ。でも、ただの小川じゃ、どこにでもあるようで、つまらなくないかい。」

「じゃあ、おじいちゃんは、この小川のことを何てよんでいるの。」

「『せっかちさん』てよぶときもあるし、『おしゃべりさん』てよぶときもあるな。」

「ふうん。」

へいちゃんは、小川をのぞいてみました。

と、ほんとに、小川はとてもいそがしそうに流れていきます。まるで早く出かけていって、大急ぎでかたづけなくちゃならない仕事があるんだというようすです。そして、流れているあいだじゅう、ちゃぱちゃぱ、ちゃぱちゃぱと、おしゃべりをしているのでした。

「おじいちゃんの言うとおり、この川は、とてもせっかちで、おしやべりだね。」

するとおじいちゃんが、

「うふっ。」

と、わらいました。

「ほんとはね、せっかちさんだの、おしゃべりさんだのって名前をさいしょにつけたのは、おばあちゃんなんだ。で、おじいちゃんも、そうよぶことにしたんだ。」

「なあんだ。そうか。」

ふたりは、顔を見合わせてわらいました。へいちゃんは、とてもうれしい気もちでした。

森をぬけると、そのつづきには野原がひろがっていました。野原も雨にぐっしょりぬれていました。

「野原じゅう、まるごと雨のシャワーをあびている。」

へいちゃんが、うっとりとして、さけびました。

その野原を、へいちゃんとおじいちゃんは、歩いていきました。やがて、大川へ出ました。

へいちゃんたちが、そって歩いてきた小川と、べつの方がくから流れてきた中くらいの川とが合わさって大川をつくっているのでした。ふりつづいた雨のために、大川はちょっとにごっていました。

「おじいちゃん、この大川のことは、何てよんでいるの。」

「『ゆったりさん』だ。」

「やっぱり、おばあちゃんがつけたの。」

「いいや、これはおじいちゃんがつけたんだよ。」

へいちゃんは、大川をながめました。さっきの小川にくらべて、水の流れは、ひどくゆったりとしています。

「流れているのか、いないのか、わからないや。」

すると、おじいちゃんは、草の葉を一まいとって、川の上へ落としました。

「こうすると、わかるよ。ほら、見てごらん。」

「ほんとだ。草の葉が動いていくね。おじいちゃん、ぼく、もう一つ名前をつけたよ。それはね、『しずかさん』。」

「しずかさんか。なるほど、いい名前だ。帰ったら、さっそくおばあちゃんにおしえるとしよう。」

今度は、おじいちゃんが感心するばんでした。いつのまにか、雨も上がりました。

やがて、おじいちゃんは、川の土手の草むらにこしをおろすと、ゆ

っくりと糸をたらしました。へいちゃんも、ならんでこしをおろすと、同じように糸をたらしました。

「ね、おじいちゃん。おじいちゃんは、おならをする？」

「おなら？」

おじいちゃんは、びっくりして、へいちゃんを見ました。

「川の話から、きゅうにおならの話かい。」

「ね。する？」

へいちゃんは、もう一度聞きました。

「そりゃあ、するさ。おならをしなかったら、それこそおかしなもんだ。」

おじいちゃんは、大きくわらいながら言いました。

「でも、ぼくのは、ちょっとしたひょうしに、すぐ出るんだ。そんなに出てほしくないんだけどなあ。だって、みんなにわらわれるもの。」

へいちゃんは、自分が、「プップカプーのへいちゃん。」とか「べたのへいちゃん。」とかよばれていることを話しました。それから、きょうのかんきちの家でのことも話しました。おじいちゃんに話すのがふしぎとはずかしくありません。

おじいちゃんは、

「うん、うん。」

と、聞いていましたが、やがて言いました。

「ずっと昔に、やっぱりそんなことを聞いたことがあるなあ。」

「だれから？」

「へいちゃんのおとうさんからだよ。おとうさんも同じようになやんだことがあったんだ。ね、へいちゃん、おならがくさくてはずかしいものと考えなくてもいいんじゃないかな。けいきのよい元気なおならほど、じっさいにはちっともくさくないし、それに、へいちゃんがはずかしがるからよけい、みんながおもしろがってからかうんだ。」

へいちゃんは、だまっておじいちゃんを見つめています。

「おならが出たら、おならも、『へいちゃん、がんばれよ。』っておうえんしてくれていると思えばいいんだ。かんきちくんとじゃんぷくんのけんかをとめたときだってさ、へいちゃんがあんまりいっしょうけんめいだから、おならもだまっていられなかったんだよ。」

「そうかなあ。」

「そうだよ。それに雨ばかりだろ。みんな思いっきり遊べなくて、いらいらしているんだ。ちょっとしたことにもはらが立つのさ。それだけのことだよ。」

おじいちゃんと話していると、へいちゃんは、ふしぎとのびやかな気もちになってきました。かんきちの家から帰ってきたときの、かなしい気もちはまるで消えて、体が軽くなったような気がします。もしかしたら、おじいちゃんの言うとおりかもしれません。

「おしゃべりばかりしているから、魚がみんなにげちゃうね。」

「いいさ。へいちゃんとおしゃべりしているのは楽しいよ。」

「でも、せっかく魚つりにきたんだから、おじいちゃんはやっぱり魚をつってよ。ぼく、魚のエサにするミミズをとってきてあげる。」

へいちゃんは、シャベルとバケツを持って、川っぷちを歩いていきました。草のないやわらかそうなところをえらんで、シャベルでほってみました。


「ミミズよ、ミミズ、出ておいで。

魚のエサにするから、出ておいで。」

へいちゃんはかってに歌いながら、ずんずんほっていきました。

「ミミズよ、ミミズ、出ておいで。

魚のエサにするから、出ておいで。

こんな歌をうたっていたら、出てこないかなあ。」

と、へいちゃんは、シャベルの先っちょに、うす黄色の土がついているのに気がつきました。へいちゃんは、おや、と思って、そのうす黄色の土を手にとってみました。ねばりがあって、しっとりと手になじんできます。へいちゃんは、なおもとると、そっと手でまるめてみました。

すると、どうでしょう。すんなりと、おだんごができたではありませんか。

「おじいちゃん！　おじいちゃん！」

「どうした、へいちゃん。」

おじいちゃんが、とんできました。

「見て。これ、ねん土みたいなんだ。」

おじいちゃんは、手にとってゆっくりしらべていましたが、やがて言いました。

「ああ、まちがいなくねん土だ。」

おじいちゃんは、へいちゃんのシャベルをかりると、手早く何ヵ所か、ほってみました。

「うん。このあたりは、ちょうど、ねん土のそうにあたっているとみえる。」

「うわあい！　ぼく、いいこと考えちゃった。いっぱい、いっぱいねん土をとって、家へ持って帰るんだ。そして、みんなで何かいいものを作るんだ。きっと楽しいよ。雨の日でも遊べるしね。」

へいちゃんが目をかがやかせると、おじいちゃんもうれしそうに、へいちゃんのかたをぽんぽんとたたきました。

「そいつはいいよ。いい考えだよ。おじいちゃんも、魚つりをやめて手つだうよ。魚つりは、いつだってできるからね。小さなシャベルしかないけど、おじいちゃんがどんどん土をほりおこしていくから、へいちゃんはねん土をバケツに入れるんだ。」

おじいちゃんは、上をほり始めました。へいちゃんは、手でねん土をすくっては、バケツに入れていきます。

「プップカプー！」

さっそく、へいちゃんのおならです。ふたりは、大わらいしました。

「よし、がんばるぞ。」

へいちゃんとおじいちゃんは、ねん土をほりつづけました。あんまりいっしょうけんめいやっているので、へいちゃんもおじいちゃんもあせをかいてしまいました。

やがて、へいちゃんのバケツにもおじいちゃんのバケツにも、ねん土がいっぱいになりました。

「へいちゃん、これを家まで運ぶのはたいへんだぞ。」

おじいちゃんがこしをのばしのばし言いました。

「だいじょうぶだよ。それより、おじいちゃんこそ、くたびれたでしょ。おじいちゃん、ほんとにありがとう。」

へいちゃんは、バケツを両手で持って、よいしょよいしょと歩きだしました。おじいちゃんはかた手につりざおを持っているので、かた手で運ばなければなりません。

初めは元気のよかったへいちゃんとおじいちゃんも、野原の中ほどまでくると、足がふらふらしてきて、何度もころびそうになりました。

そのたびに、へいちゃんとおじいちゃんは、

「ねん土だ！　ねん土だ！

みんなで遊ぼう。

ねん土だ！　ねん土だ！

みんなで遊ぼう。」

と、歌いながら、いっしょうけんめい運びました。

こうして、へいちゃんとおじいちゃんは、バケツいっぱいのねん土

を、ふうふう言いながら、どうにかこうにか家まで運んだのでした。

4

さて、あくる日も、雨でした。

「わあい、雨だ！　雨だ！」

へいちゃんは、かさをさすと、さっそくみんなの家を一けん一けんまわりました。

「ね、ね、十時にぼくの家へ遊びにおいでよ。びっくりすることがあるんだ。みんなもくるから。」

みんなは、またまたの雨でうんざりしていました。ひとりで遊んでいてもおもしろくないので、出かけていくことにしました。

「こんにちは。」

みんながげんかんで声をかけると、へいちゃんのおかあさんが出てきました。

「いらっしゃい。へいちゃんが、さっきから待っているわ。」

おかあさんはにこにこして、みんなをへいちゃんのへやへあんないしてくれました。

戸をあけたとたん、みんなは、

「あっ！」

と、さけびました。

へやいっぱいにビニルシートがしいてあって、その上に、うす黄色のねん土の山があるではありませんか。

「すごい！」

「へいちゃん、これ、どうしたの？」

みんなが、くちぐちに言いました。

へいちゃんは、おじいちゃんに手つだってもらって川でねん土をとったこと、それをバケツで家まで運んできたこと、おかあさんにたのんで、へいちゃんのへやにビニルシートをしいてもらったことなどを話しました。それから、へいちゃんは言いました。

「みんなでいっぱい、いっぱい、いいものを作って遊ぼう。雨がふっても、もう平気だよ。」

みんなは、しいんとして、しばらくへいちゃんの顔を見つめていました。やっと、かんきちが口をひらきました。

「へいちゃんて、すごい。」

ふらんちゃんとくるみちゃんも言いました。

「へいちゃんて、すてき。」

すると、じゃんぷが、はずかしそうに言いました。

「オレなんか、かんきちとけんかしたあと、ずっと家で、『おもしろくない。つまらない。』と言ってただけだ。」

「ぼくも、じゃんぷと同じ。でも、その間に、へいちゃんは、こんなにたくさんのねん土をとってきたんだね。みんなで遊べるように。」

ききも言いました。へいちゃんははずかしそうに、ちょっともじもじしました。それから、言いました。

「それより、早くねん土で遊ぼうよ。」

「うん！」

みんなはうなずくと、きょうそうのようにして、ねん土の山にとっしんしました。

「トンネルだ！　トンネルだ！　トンネルをほるぞっ！」

かんきちは、ねん土の山を、ぐいぐいほりはじめました。

「ようし！　まけるもんか。こっちからもトンネルをほるぞっ！」

じゃんぷがさけんで、反対の方から、ずんずんほりはじめました。

頭と頭がぶつかって、かんきちとじゃんぷは、あはあはわらいました。

みんなも、トンネルの中であく手をしたり、顔をのぞかせたりしました。

「ね、みんなで森のゆうえん地を作ろうよ。」

へいちゃんが言うと、みんなはすぐにさんせいしました。

「オレ、ジェットコースターを作るよ。」

「ぼくは、かんらん車。」

「わたしは、ぐるぐる回るコーヒーカップよ。」

みんなは、服がよごれるのもかまわず、もうむちゅうです。

「えらく楽しそうじゃないか。おじいちゃんも、なかまに入れてくれないかい。」

いつのまにきたのか、おじいちゃんがにこにこと立っていました。

「もちろんだよ、おじいちゃん。」

へいちゃんは、おじいちゃんの手をとると、みんなのところへひっぱっていきました。

みんなも大よろこびです。

あくる日は、からりと晴れ上がりました。森のひろばから、にぎやかな声が聞こえてきます。

「ね、手つなぎかけっこをしましょ。」

ふらんちゃんが言いました。

「うん、やろう、やろう。」

みんなも、大さんせいです。

「わたし、へいちゃんと手をつないで走る。へいちゃんに早く走る方ほうをおしえてあげるの。」

ふらんちゃんが、へいちゃんの手をとりました。と、そのとき、

「プップカプー！」

へいちゃんが、おならをしてしまいました。

「ね、みんな聞いて。これ、ぼくのおうえんだんなんだ。『フレーフレー　へいちゃん！』って、おうえんしてくれているんだ。」

へいちゃんがてれくさそうに言うと、みんなは、うなずきながら大わらいしました。

「ようし、いちについて！　ようい、どん！」

かんきちのごうれいが、ふうりんそうみたいなうすむらさきの空に
ひときわ高くひびきました。

解説　人間性豊かな心優しい人間《ひと》たち

吉田　定一

「母子家庭の子どもが、私が子どもであった頃より多く教室で見られる。」と、小学校の教師であった著者が話されたことがあった。子どもにとっては幸せなことではないが、現代社会の歪《ひずみ》が、夫婦の絆・離婚が生活に何らかの形で暗い影を落としている。だからと言って子どもはその影を引きずっているわけではない。子どもには子どもの社会があり、子どもの天性というべき明るさ・純真な心をもって、彼ら自身の未来を切り開いていく強さがある。

「子どもは大人の父だ」（「The child is father of the man」イギリスの詩人ワーズワースの詩『虹』の一節。）という言葉があるように、子どもを教育する教師も子どもから多くを学んで、未来ある現実を子どもと共に切り開いている。巻頭に置かれた物語「ショウとリョウふたりはふたご」は、作者のそうした思いがこの物語の根底に大河のように流れている。ショウとリョウとたづこ先生が、家庭の幸せを願って、別れて暮らしている父親をクリスマスの日に呼び戻そうとして努力している姿は、何よりもそのことを象徴的に物語っている。また、次に掲げられている物語「前田のぼこ」。子どもから「いねむりぼうず　たこぼうず　前田のぼこはくそぼうず！」と、揶揄されても先生である前田のぼこ（お坊さん）は、おおらかで怒りもせず、何が大切であるかを熟知している先生だ。しかも村の地域社会と密接な関係を保って教育に携わっている。学校と自宅との間を行き交うだけのサラリーマンのような教師が多くなったと嘆く教師がいたが、この前田先生の懐は深く、強さも弱さも知り尽くした豊かな人間性が物語に浮かび上がらせている。たづ子先生同様に、いま我々が必要としている、また理想とする教師像と言えるかも知れない。ちなみに著者は、故郷・富山でいた子どもの頃の前田先生の教え子である。

最後に、「いたちのへいちゃん」。森の中で繰り広げられるへいちゃんの遊び仲間と心優しいおじいさん。けれどへいちゃんは、どんな時もつい無意識の裡に、おならが出てしまう。「くさっ」。仲間から嫌われても、いつのまにか仲間から慕われる。

この物語に登場する主人公たちは、寂しさや多少の短所を有しながらも、決して引っ込みじあんにならず、天性の明るさをもってしなやかにけな気に、思いやりいたわりあって生きている。ここには、人間性豊かなおおらかな歌が、子どもたちや教師の理想像というべき真実《リアル》な姿が、物語に浮かび上がらせて余りある。

（詩人・児童文学者）

あとがき

父の影響もあって、私も小学校の教師になりましたが、学校生活を始めてから驚いたことのひとつに家庭訪問があります。子どもたちの自宅に訪問して、子どもの学校生活の姿や様子を父母にお話したり、また父兄から家庭での子どもの日常生活を聞いて、教育に生かすということが主なる訪問の目的ですが、驚くことに意外と多いのが、訪問して知らず知らずのうちに知らされる家庭の事情です。母親一人の手で育っている子どもたちの哀しい現実です。たとえ母子家庭の子どもであったとしても、そんな陰影のひと欠片も見せない明るさで過ごしているのも、子どもの現実です。「ショウとリョウふたりはふたご」のような…、またこんな二人がひとつの教室に居たら素敵だなと思って、お話に組み立てました。お話に登場する「たづこ先生」は、私の理想とする教師像が反映されています。

また「前田のぼこ」の前田先生も、私の理想とする先生の姿。前田先生は、私の産土の地・富山に居た人間性豊かな愉快な先生で、村のお寺のお坊さんでした。私はその教え子です。「いたちのへいちゃん」も、個性あふれるこんな人物がいたら面白いのになという思いで童話化した作品です。

絵を描いて戴いた三輪さゆりさんには、絵によって童話以上なリアリティを物語に与えて戴きました。感謝でいっぱいです。有難うございます。また前回の『雪の日の五円玉』同様に、今回も竹林館から出版できましたことをとても幸せに思っております。

二〇一八年八月

山本なおこ

著者紹介

ぶん・山本　なおこ　（やまもと　なおこ）

諸作品の背景にあるように、少女時代を雪深い立山連峰を迎ぎみる富山平野の地で過ごす。そこは産土の地であり、まぎれもなく詩と童話の故郷でもある。詩集に『真夜中の一両電車』『さりさりと雪の降る日』『ねーからはーからごんぼのさきまで』『おばあちゃんの柱時計』「軋みをたてる時間』『生きる　アンダンテ　カンタービレ』他。また童話に、半自伝的物語『あざみの歌』、『真夜中のビーだま』（絵・三輪さゆり）。絵本に、『森のハーモニカおばさん』『先生はまじょ』『ぷうぷうのプレゼント』『ウララちゃんのたんじょうび』『先生のおしりがやぶけた』他。エッセイ集に『虹のしっぽと石榴の実』がある。詩「さりさりと雪の降る日」は、教科書に掲載されている。日本児童文学者協会、関西詩人協会各会員。文藝誌「伽羅」同人。元教員。大阪府高石市在住。

え・三輪　さゆり　（みわ　さゆり）

東京都杉並区阿佐ヶ谷に生まれる。幼い頃から、阿佐ヶ谷洋画研究所（現在の阿佐ヶ谷美術専門学校）で絵を学ぶ。女子美術大学日本画科を卒業後、院展・春の院展に出品。フランスに渡り、レンヌ市エコール・デ・ボザールに学ぶ。帰国後、阿佐ヶ谷美術研究所を引き継ぐ。二〇〇一年よりアートマスターズスクール、日本画科主任となる。院展においては、中東・中近東・アジアの人物、風景、遺跡を取材し、それ等をテーマにしている。

新宿京王プラザホテルーにて個展四回、グループ展多数出品。現在、日本美術院・院友。山本との共著は、四作目である。東京都三鷹市在住。

絵童話　ショウとリョウふたりはふたご

ぶん・山本なおこ／え・三輪さゆり
2018年11月20日　第1刷発行

発行人　左子真由美
発行所　㈱竹林館
〒530-0044　大阪市北区東天満2-9-4
千代田ビル東館7階FG
Tel 06-4801-6111　Fax 06-4801-6112
URL http／／www.chikurinkan.co.jp

印刷・製本　㈱双陽社
〒530-0003　大阪市北区堂島2−2−28
Tel　06-6341-0188　Fax　06-6341-0178

2018　Printed in Japan ISBN978-4-86000-394-4　C8093

定価はカバーに表示しています。落丁・乱丁はお取り替えいたします。